PAPYRUS

LE MAÎTRE DES TROIS PORTES

PAR DE GIETER.

DUPUIS

Dépôt légal : novembre 1990   D. 1979/0089/45
ISBN 2-8001-0648-4   ISSN 0771-8969
© 1979 by De Gieter and Editions Dupuis.
Tous droits réservés.
Imprimé en Belgique.

R.   11/90

DEPUIS DES MILLÉNAIRES, L'ÉGYPTE VIT AU RYTHME DES CRUES ANNUELLES ET BIENFAISANTES DU NIL, LE FLEUVE MAJESTUEUX, DON DES DIEUX, SANS LEQUEL LE PAYS DES PHARAONS ET SA PRODIGIEUSE CIVILISATION N'EXISTERAIENT PAS.

POURTANT, AUJOURD'HUI, LE PEUPLE TOUT ENTIER SEMBLE FRAPPÉ DE MALÉDICTION.

MALGRÉ LES OFFRANDES ROYALES, MALGRÉ LES PRIÈRES DES PRÊTRES, EN DÉPIT DES PRÉDICTIONS DES MAGES SAVANTS...

LENTEMENT, INEXORABLEMENT, LE NIL SE TARIT !...

DÉJÀ LES RÉSERVES DES GRENIERS DE PHARAON DIMINUENT... L'ANGOISSE SE RÉPAND DANS LE PAYS, TANDIS QU'À THÈBES, LA CAPITALE, LE PEUPLE, AFFAMÉ, GRONDE...

LAISSEZ-NOUS PASSER !

NOUS VOULONS À MANGER !

HALTE !...

NOS FEMMES ET NOS ENFANTS ONT FAIM !

LES DIEUX NOUS ABANDONNENT !

DONNEZ-NOUS DU GRAIN !

NO ALI M

SOUDAIN UNE VOIX DOMINE LA FOULE...

ATTENDEZ !

LE PHARAON !

EN UNE SECONDE, LE PEUPLE, SUBJUGUÉ, FAIT SILENCE... DEVANT LUI, PHARAON, VIE, SANTÉ, FORCE, LE DESCENDANT D'HORUS, LE DIEU VIVANT, PARLE...

MES AMIS ! NOUS VOUS DEMANDONS DE GARDER VOTRE CALME. NOUS AVONS ENVOYÉ UNE EXPÉDITION POUR REMONTER LE NIL ET TROUVER LA CAUSE DE LA SÉCHERESSE QUI NOUS ACCABLE. NOTRE FILLE BIEN-AIMÉE, THÉTI-CHÉRI, LA DIRIGE, AINSI QUE PAPYRUS, BÉNI DES DIEUX !

EN ATTENDANT, CHACUN AURA À MANGER. QUE CEUX QUI MANQUENT D'ORGE OU DE FROMENT SE RENDENT DANS MES GRENIERS. NOUS DEMANDONS AUX AUTRES DE SE JOINDRE À NOUS POUR IMPLORER OSIRIS, SEIGNEUR DU NIL, AFIN QUE L'ABONDANCE REVIENNE !

DE GIETER 74

PENDANT CE TEMPS, LOIN EN AMONT DE THÈBES, UNE PETITE TROUPE DE CHARS LONGE LE FLEUVE AUX BERGES CREVASSÉES PAR LA SÉCHERESSE.

RIEN! RIEN QUE CE SPECTACLE DÉSESPÉRANT!

ÉCOUTE!..

ON...ON DIRAIT UN GRONDEMENT!

C'EST UNE CHUTE D'EAU!

FOUETTANT LES CHEVAUX, PAPYRUS LANCE SON CHAR, QUI FRANCHIT LA COLLINE EN QUELQUES INSTANTS... TANDIS QUE LE BRUIT DEVIENT ASSOURDISSANT.

PAR OSIRIS LE NIL EST EN CRUE!!

BRUSQUEMENT, PAPYRUS ET THÉTI-CHÉRI ARRIVENT AU BORD DE LA FALAISE, DÉCOUVRANT DEVANT EUX, AU MILIEU DU FRACAS, MILLE FOIS AMPLIFIÉ PAR LA GORGE ENCAISSÉE, LES FLOTS TUMULTUEUX SE PRÉCIPITANT EN CONTREBAS DANS UN BOUILLONNEMENT FANTASTIQUE...

MAIS ALORS?!... SI LE NIL EST EN CRUE, L'ÉGYPTE EST SAUVÉE!!

HÉLAS! PAS ENCORE! REGARDE EN BAS!

!

DE GIETER

ET DEVANT TOUTE LA TROUPE ARRIVÉE ENTRE-TEMPS, TANDIS QUE LE FLEUVE PUISSANT CONTINUE DE DÉFERLER DANS UN FRACAS ASSOURDISSANT, LÀ, DANS LA VALLÉE, EN AVAL DES CHUTES, LE COURANT SEMBLE SUBITEMENT BRISÉ!... LE FLEUVE CONTINUE DE COULER FAIBLEMENT!...

LE NIL SE MEURT! LA MALÉDICTION DES DIEUX EST SUR NOUS!

NOUS SOMMES PERDUS!

PAR OSIRIS! C'EST UN PRODIGE INOUÏ!

INCROYABLE!

PRINCESSE! IL FAUT FUIR CET ENDROIT MAUDIT, RETOURNER À THÈBES!

SILENCE! PHARAON, MON PÈRE, NOUS A CHARGÉS D'UNE MISSION. NOUS DEVONS TROUVER L'EXPLICATION DE CE PRODIGE!

IL FAUT DESCENDRE DANS LA GORGE, POUR Y ALLER VOIR DE PLUS PRÈS!

...ET BRAVER LA COLÈRE D'OSIRIS, DIEU DU NIL, C'EST DE LA FOLIE!

APPORTEZ-MOI UNE CORDE! C'EST MOI QUI IRAI!...

TOI, PAPYRUS?!

QUELQUES INSTANTS PLUS TARD, SOLIDEMENT ATTACHÉ, PAPYRUS S'APPRÊTE À DESCENDRE DANS LA GORGE VERTIGINEUSE.

SURTOUT, SOIS PRUDENT!

NE T'EN FAIS PAS, APRÈS CE VOYAGE, UNE BONNE DOUCHE ME FERA DU BIEN. SI JE SUIS EN DANGER, JE DONNERAI DEUX COUPS SECS À LA CORDE!

MÈTRE PAR MÈTRE, IL SE LAISSE GLISSER LE LONG DE LA PAROI ABRUPTE.

CETTE SAILLIE ROCHEUSE PASSE SOUS LA CHUTE. LE COURANT PARAÎT MOINS PUISSANT, JE VAIS ESSAYER DE PASSER LÀ!

IL...IL A DISPARU SOUS LES ROCHERS!... LAISSEZ FILER LA CORDE!... DOUCEMENT!

3

FOUETTÉ PAR LES EMBRUNS QUI GICLENT DU FLEUVE, DÉBOULANT ENTRE LES ROCHERS, PAPYRUS A ATTEINT LE REBORD. S'AGRIPPANT À LA MOINDRE ASPÉRITÉ, IL PROGRESSE LENTEMENT.

PAR ISIS! LES MOISISSURES RENDENT LE SOL AFFREUSEMENT GLISSANT!

MAIS PAPYRUS A SOUS-ESTIMÉ LA FORCE DE L'EAU.

IMPOSSIBLE DE CONTINUER! JE SUIS TRANSI PAR L'EAU GLACÉE!... JE N'Y VOIS PLUS!

JE... JE NE TIENDRAI PLUS LONGTEMPS!... OH?!... LÀ!...

CE PITON ROCHEUX!... SI JE POUVAIS L'ATTEINDRE, CE SERAIT L'OBSERVATOIRE IDÉAL!... C'EST RISQUÉ...

MAIS JE N'AI PAS LE CHOIX!

S'ÉTANT ASSURÉ SUFFISAMMENT DE CORDE, PAPYRUS SAUTE DANS LE VIDE...

MAIS, AVEUGLÉ PAR L'EAU QUI GICLE EN TOUS SENS, IL CALCULE MAL SON ÉLAN ET VIENT PERCUTER LE ROCHER AVEC UNE VIOLENCE INOUÏE

ASSOMMÉ, PAPYRUS EST PRÉCIPITÉ DANS LE FLEUVE, TANDIS QUE LA CORDE QUI LE RETENAIT SE DÉROULE TRAGIQUEMENT INUTILE!

4

INCONSCIENT, IL HEURTE LA CHUTE, QUI REJETTE CE CORPS DÉSARTICULÉ

PAPYRUS! NON!

IMPOSSIBLE DE LE RAMENER, PRINCESSE! LA CORDE EST COINCÉE ENTRE LES ROCHERS!

ATTENDEZ! ON DIRAIT QU'IL REVIENT À LUI!

EN EFFET, GIFLÉ PAR LES TROMBES D'EAU, PAPYRUS REPREND CONSCIENCE...

À MOITIÉ SONNÉ, IL RELÈVE LA TÊTE ET POUSSE UN CRI DE STUPEUR.

PAR SEBEK!!

À QUELQUES MÈTRES SOUS LUI, MASQUÉ PAR LES ROCHERS, IL VIENT D'APERCEVOIR LA MASSE D'EAU PRINCIPALE QUI DÉFERLE DANS UN FRACAS ASSOURDISSANT ET PÉNÈTRE DIRECTEMENT **DANS LA MONTAGNE!**

LE NIL EST ASPIRÉ PAR LA TERRE! C'EST INCROYABLE!

MAIS POUR PAPYRUS, LES SURPRISES NE SONT PAS TERMINÉES... SOUDAIN, DANS CETTE AMBIANCE IRRÉELLE, IL EST ENVAHI PAR UN ÉTRANGE PRESSENTIMENT QUI LE CLOUE AU ROCHER... ET AU MÊME INSTANT...

ÉMERGEANT DU BOUILLONNEMENT DE L'EAU, UNE CRÉATURE FABULEUSE LE FRÔLE À LE TOUCHER ET PRESQUE AUSSITÔT DISPARAÎT DANS L'ÉCUME... RÉALITÉ ?... HALLUCINATION ?...
BRISÉ PAR TANT D'ÉMOTIONS, NOTRE HÉROS S'ÉCROULE

QUELQUES INSTANTS PLUS TARD...

PAPYRUS !... PAR TOUS LES DIEUX, IL EST...

NON, PRINCESSE, IL EST SIMPLEMENT ÉVANOUI !

C'EST UNE CHANCE QUE LA CORDE A TENU ET NE LUI A PAS BRISÉ LES REINS !

REGARDEZ ! IL OUVRE LES YEUX !

PAPYRUS ! TU ES SAUF ! NOUS AVONS RÉUSSI À T'ARRACHER À LA CHUTE ! MAIS QUE S'EST-IL PASSÉ ?...

C'EST INCROYABLE ! INOUÏ !... LE SEIGNEUR NIL EST AVALÉ PAR LA MONTAGNE !!

TU... TU ES CERTAIN ?

PAR HORUS ! JE L'AI VU DE MES YEUX ! IL FAUT AVERTIR LE PHARAON TOUT DE SUITE !

JE CROIS QU'IL A RAISON ! SI VOTRE MAJESTÉ LE PERMET, NOUS POUVONS MONTER LE CAMP ICI ET ENVOYER UN MESSAGER À THÈBES !

SOIT ! NOUS ATTENDRONS PHARAON ICI !

C'EST PARFAIT ! EN ATTENDANT, NOUS PARTONS CHASSER - IL FAUT PENSER À LA NOURRITURE !

PAPYRUS ?!... MAIS !... TU N'Y PENSES PAS ! TU DOIS TE REPOSER !

JE ME SENS TRÈS BIEN ! ALLONS ! VIENS !

C'EST DE LA FOLIE ! TU NE TIENS PAS SUR TES JAMBES !

CHUT ! J'AI À JE PARLER SEUL À SEULE !

MAIS ?!

FOUETTANT LES CHEVAUX, PAPYRUS LANCE LE CHAR LE LONG DU FLEUVE, ET EN QUELQUES MOTS, IL MET THÉTI-CHÉRI AU COURANT DE L'INCROYABLE RENCONTRE QU'IL A FAITE OU CRU FAIRE, À L'ENTRÉE DU GOUFFRE.

C'EST PEUT-ÊTRE UN SIGNE DU DIEU OSIRIS !

JE N'EN SAIS RIEN ! MAIS J'AI PRÉFÉRÉ NE PAS EN PARLER, POUR NE PAS AUGMENTER L'INQUIÉTUDE DES HOMMES DE L'EXPÉDITION !

BAH ! LE MESSAGER ARRIVERA CETTE NUIT À THÈBES, DEMAIN, PHARAON, MON PÈRE SERA ICI AVEC SES MEILLEURES TROUPES, IL N'Y A RIEN À CRAINDRE !

JE VOUDRAIS EN ÊTRE SÛR !... OHOOOH !...

MAIS ?! THÉTI-CHÉRI, OÙ VAS-TU AVEC CE BOOMERANG ?

TU AS CRIÉ BIEN FORT QUE NOUS ALLIONS CHASSER, SI NOUS REVENONS SANS RIEN, ÇA PARAÎTRA SUSPECT !

PAPYRUS S'APPRÊTE À SUIVRE THÉTI, QUAND, JUSTE À CE MOMENT, APPARAÎT, AU SOMMET DE LA COLLINE, SE DÉCOUPANT DANS LA LUMIÈRE DU CRÉPUSCULE, UN CHAR FILANT AU GALOP.

LE MESSAGER !

ET UN INSTANT PLUS TARD, LE CHAR DISPARAÎT À LEURS YEUX... MAIS, DANS LA MÊME SECONDE, NOS DEUX AMIS SE SONT DRESSÉS D'UN BOND, CAR À L'EMPLACEMENT OÙ IL A DISPARU, UN ÉCLAIR ÉBLOUISSANT JAILLIT !

PAPYRUS ! QU'EST-CE QUE C'EST ?!

JE VAIS VOIR !

EN QUELQUES BONDS, PAPYRUS GRAVIT LA COLLINE...

PAR OSIRIS!

ET ARRIVÉ AU SOMMET, IL S'ARRÊTE, STUPÉFAIT.

CAR, DEVANT LUI, RIEN NE SEMBLE CONFIRMER L'ÉTRANGE PHÉNOMÈNE QUI S'EST PRODUIT QUELQUES INSTANTS PLUTÔT. AUCUNE TRACE DU MESSAGER!

SEUL, IMMOBILE, UN ORYX MAGNIFIQUE, DEBOUT SUR UN ROCHER, SEMBLE L'ATTENDRE... LE DÉFIER!...

MAIS BRUSQUEMENT PAPYRUS TRESSAILLE D'HORREUR.
LÀ, SOUS LES SABOTS DE L'ANIMAL... CETTE MASSE STRATIFIÉE... RESSEMBLE ÉTRANGEMENT À UN CHAR! ET À DEUX CHEVAUX MORTS!...

SOULEVÉ D'INDIGNATION ET DE COLÈRE, PAPYRUS PREND BRUSQUEMENT UNE DÉCISION...

THÉTI! ATTENDS-MOI ICI! JE VEUX CET ORYX!!

MAIS!... EXPLIQUE-MOI!

QUAND JE REVIENDRAI!

MAIS À CET INSTANT, UNE MAIN D'OR ÉCARTE LES HAUTES HERBES.

CEPENDANT LA POURSUITE A COMMENCÉ. LA PUISSANTE ANTILOPE EST PARTIE COMME UN TRAIT, MAIS PAPYRUS, ENTRAÎNANT SES CHEVAUX RAPIDES, NE SE LAISSE PAS DISTANCER.

SI JE ME RAPPROCHE SUFFISAMMENT, IL TENTERA DE S'ÉCHAPPER EN ZIGZAGUANT ET S'ÉPUISERA TRÈS VITE!

PAPYRUS SE RAPPROCHE... POURTANT, CONTRAIREMENT À SES PRÉVISIONS, L'ANIMAL FILE DROIT DEVANT LUI, COMME TENDU VERS UN BUT PRÉCIS.

L'ISSUE DE LA POURSUITE RESTE INCERTAINE...

QUAND SOUDAIN...

PAR ISIS! LÀ! CETTE PAROI ROCHEUSE! IL FONCE DROIT DESSUS!

ALORS, DÉCRIVANT UN LARGE CERCLE, PAPYRUS RABAT L'ORYX VERS UN CREUX DE LA PAROI ROCHEUSE. L'ANIMAL, AFFOLÉ, S'Y PRÉCIPITE.

AUSSITÔT PAPYRUS FAIT VIREVOLTER SES CHEVAUX ET SE LANCE À SA POURSUITE

CETTE FOIS, JE LE TIENS!

MAIS PENDANT UNE SECONDE, IL A QUITTÉ L'ANIMAL DES YEUX ET...

PAR TOUS LES DIEUX!?

DE GIETER.

PAPYRUS A BONDI DE SON CHAR!
BARRANT TOUT L'HORIZON, UNE ÉNORME
PAROI ROCHEUSE DRESSE SA MASSE
DE GRANIT.

L'ORYX?!?...
IL A DISPARU?!...
C'EST IMPOSSIBLE! IL
N'Y A PAS LE MOINDRE
PASSAGE!

CETTE MURAILLE
EST INFRANCHISSABLE,
MÊME POUR UNE
ANTILOPE. C'EST DE
LA SORCELLERIE!

INCRÉDULE, IL LONGE LA
MURAILLE GIGANTESQUE,
QUAND SOUDAIN...

?

DES EMPREINTES DE
SABOTS?!... ET ELLES
S'ARRÊTENT ICI!...

COMME S'IL
AVAIT PÉNÉTRÉ
DANS LA
MONTAGNE!

MAIS?

ÇA ALORS! UNE FISSURE SUR TOUTE
LA HAUTEUR DE LA PAROI! PAR
AMMON-RÊ! ON POURRAIT PASSER
DIX FOIS À CÔTÉ SANS LA
REMARQUER!

RÉSOLUMENT, PAPYRUS S'ENGAGE
DANS LA FAILLE ÉTROITE QUI
S'ENFONCE DANS LES TÉNÈBRES...

!

VOILÀ
MON ORYX!

JE L'AURAI! MÊME, S'IL ME FAUT LE SUIVRE JUSQU'AU ROYAUME D'ANUBIS!

TRÈS VITE, LA CREVASSE S'ÉLARGIT...

ET PAPYRUS S'AVANCE BIENTÔT DANS UN DÉDALE DE GORGES DÉCHIQUETÉES QUI PÉNÈTRE AU PLUS PROFOND DE LA MONTAGNE, DANS UN UNIVERS CHAOTIQUE...

LE VOILÀ DE NOUVEAU!

SI JE PARVIENS À ME HISSER PLUS HAUT QUE LUI, JE POURRAI ME SERVIR DE MA LANCE!

JE LE TIENS!

MAIS DANS UN BOND PRODIGIEUX, L'ANTILOPE SE MET HORS DE PORTÉE

PAR HORUS!

TOUT À SA CHASSE, PAPYRUS NE SE REND PAS COMPTE QUE TOUT EN RESTANT HORS DE PORTÉE, L'ORYX, SEUL REPÈRE DANS LES TÉNÈBRES, L'ATTEND... BRILLANT D'UNE ÉTRANGE LUMIÈRE...

11

MAIS SOUDAIN...

PAR SEBEK! ELLE A DISPARU!

LES TÉNÈBRES SONT DE PLUS EN PLUS ÉPAISSES! JE SUIS COMPLÈTEMENT PERDU DANS CE LABYRINTHE!

YRRRHH YAAAHH

MAIS PAPYRUS N'A PAS LE TEMPS DE POURSUIVRE SES RÉFLEXIONS. SOUDAIN UN HURLEMENT TERRIFIANT DÉCHIRE LE SILENCE, RÉPÉTÉ, AMPLIFIÉ CENT FOIS PAR L'ÉCHO DE LA CAVERNE...

YYAARRHH

DE LA LUMIÈRE! ÇA VIENT DE LÀ!

UN INSTANT ÉBLOUI PAR LA LUMIÈRE AVEUGLANTE, PAPYRUS S'ARRÊTE... ALORS SES YEUX S'AGRANDISSENT D'HORREUR!...

PAR TOUS LES DIEUX!!... MON ORYX, AUX PRISES AVEC UN DRAGON!

YAARR

DÉJÀ LA PAUVRE BÊTE EST FRAPPÉE À MORT...

PAPYRUS S'APPRÊTE À FUIR, QUAND BRUSQUEMENT L'ORYX POUSSE UN CRI... UN CRI HUMAIN!

AAAAAAAAHH

... ET PAPYRUS, ÉPOUVANTÉ, VOIT APPARAÎTRE DE LA DÉPOUILLE SANGLANTE DE L'ANIMAL...

19

13

MALGRÉ SON COURAGE ET LE GLAIVE MAGIQUE, PAPYRUS, ACCULÉ AUX ROCHERS, LIVRE UN COMBAT SANS ESPOIR...

JE SUIS PERDU!

MAIS SOUDAIN, L'AIR S'EMPLIT D'UN BOURDONNEMENT INSOUTENABLE, TANDIS QUE LE CIEL S'OBSCURCIT AU-DESSUS DU GOUFFRE...

ET BRUSQUEMENT UNE MASSE GROUILLANTE S'ABAT SUR LE MONSTRE, QUI TITUBE, SUFFOQUE, LES NARINES ET LES YEUX OBSTRUÉS PAR DES MILLIONS D'INSECTES...

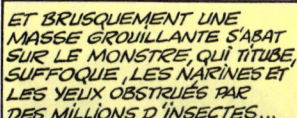

UN... UN NUAGE DE CRIQUETS DU DÉSERT!

PAPYRUS N'HÉSITE PAS

ROHH

KROAYR

PAR SEBEK! LE VENTRE EST À DÉCOUVERT, C'EST MA SEULE CHANCE!

FRAPPÉ EN PLEIN COEUR, LE MONSTRE S'EFFONDRE EN HURLANT.

ARRGHA

OR

DÉJÀ, LÀ-HAUT DANS LE CIEL, LE NUAGE DE CRIQUETS DISPARAÎT...

C'EST FINI!... VOUS ÊTES SAUVÉE... MAIS EXPLIQUEZ-MOI?...

14

PA...PAPYRUS...MERCI!... POUR MOI...IL...IL EST TROP TARD...MAIS J'AI RÉUSSI À T'ATTIRER ICI!...

QUI ES-TU?

JE...JE SUIS L'ESCLAVE DE L'ŒIL!...NOUS...NOUS SOMMES TOUS SES ESCLAVES...J'AI... J'AI ÉTÉ TRANSFORMÉE EN ORYX PAR PUNITION...SEULE LA... LA MORT POUVAIT ME...ME RENDRE UN CORPS HUMAIN!...

PAPYRUS!...LÀ!...MA... CEINTURE...PRENDS L'ŒIL... IL...IL TE PROTÉGERA...IL... IL FAUT DÉTRUIRE L'ŒIL! IL FAUT!...

LE DRAGON!... AAAAAAAAAH!

PAR HORUS!

PAPYRUS, TU M'AS VAINCU... TU ES LE MAÎTRE DES TROIS PORTES!!

ALORS LE MONSTRE, GISANT DANS LA POUSSIÈRE, POUSSE UN RÂLE TERRIFIANT QUI ÉBRANLE L'IMMENSE CUVETTE, ET ...

AAAORHAAAAOOA!

...DANS LE MÊME INSTANT, COMME MÛ PAR UN SIGNAL, LE SOL SE MET À VIBRER...

PAR TOUS LES DIEUX!...LE SOL?!... LE SOL DESCEND?!

LE COULOIR D'ACCÈS?!

JE SUIS PERDU!...MAIS?...

OH!

15

LES TROIS PORTES ?!

TU ES LE MAÎTRE DES TROIS PORTES ! LE MAÎTRE DES TROIS PORTES !...

DE TOUTE FAÇON, JE N'AI PAS LE CHOIX. C'EST LA SEULE ISSUE !

ET TANDIS QU'IL S'AVANCE RÉSOLUMENT, LA GRANDE PORTE S'OUVRE LENTEMENT...

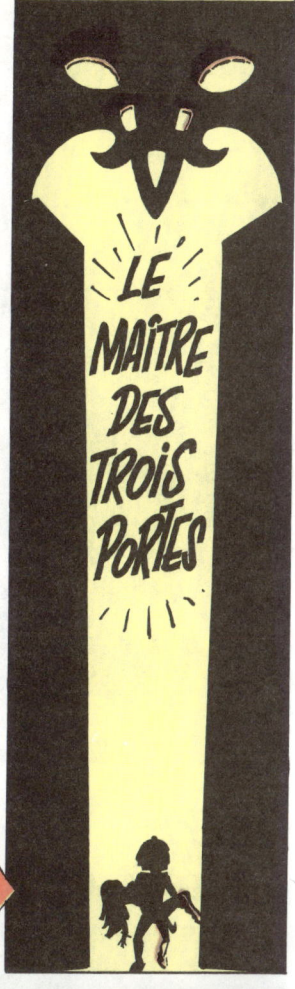

LE MAÎTRE DES TROIS PORTES

ET SANS TRANSITION, PAPYRUS PÉNÈTRE DANS UN MONDE ÉTRANGE, AUX ARCHITECTURES PRODIGIEUSES, ALORS QUE SOUS SES PIEDS SE DÉROULE UNE CHAUSSÉE FANTASTIQUE, TAILLÉE DANS LE ROC. UN GRONDEMENT ASSOURDISSANT MONTE DES PROFONDEURS ET SE RÉPERCUTE SOUS LA VOÛTE IMMENSE...

UN FLEUVE SOUTERRAIN ?! PAR LES DIEUX ! CE NE PEUT ÊTRE QUE LE NIL !

16

CEPENDANT PAPYRUS N'EST PAS AU BOUT DE SES SURPRISES. LE CORPS DE LA PETITE ESCLAVE DANS LES BRAS, IL CONTINUE D'AVANCER...

LÀ-BAS!... UNE LUEUR?!...

QUELQUE CHOSE SEMBLE BRILLER!

PAR HORUS! UNE STATUE D'OR!...

... QUELQUES PAS ENCORE ET...

OH! NON, CE N'EST PAS POSSIBLE!!

LA STATUE DE THÉTI-CHÉRI?!

AVEC TOUS LES ATTRIBUTS ROYAUX DES PHARAONS D'ÉGYPTE. ET LÀ!...LE SYMBOLE DE L'OEIL!

PAR TOUS LES DIEUX! QUEL EST CE MYSTÈRE?...

THÉTI-CHÉRI, EST-IL POSSIBLE QUE TU SOIS MÊLÉE À TOUTES CES MACHINATIONS! EST-CE POUR TOI QUE CETTE JEUNE ESCLAVE A DONNÉ SA VIE?...

MAIS POUR PAPYRUS, CE N'EST PAS ENCORE LE TEMPS DES RÉPONSES...

SANS UN CRI, NOTRE AMI S'EFFONDRE AUX PIEDS DE LA STATUE D'OR...

ALORS, SORTANT DE L'OMBRE, LE REGARD VIDE, LA PEAU ÉTINCELANTE... DEUX CRÉATURES APPARAISSENT BRUSQUEMENT DANS LA LUMIÈRE...

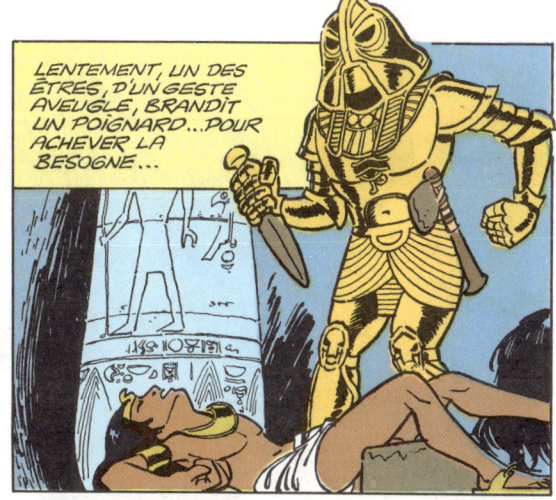

LENTEMENT, UN DES ÊTRES, D'UN GESTE AVEUGLE, BRANDIT UN POIGNARD...POUR ACHEVER LA BESOGNE...

IL SE PENCHE AU-DESSUS DE PAPYRUS POUR FRAPPER...

QUAND, DANS LA MAIN DE CELUI-CI, L'OEIL DE RÉ SE MET À BRILLER...

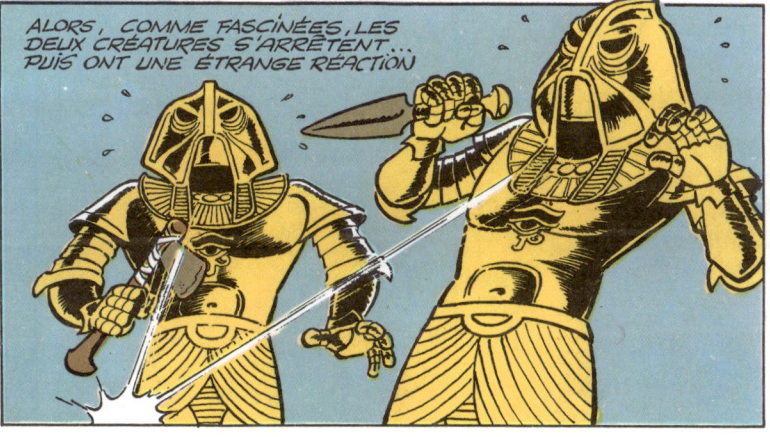

ALORS, COMME FASCINÉES, LES DEUX CRÉATURES S'ARRÊTENT... PUIS ONT UNE ÉTRANGE RÉACTION

ET PLUS TARD...

AU PIED DE LA FISSURE ROCHEUSE QUI S'ENFONCE DANS LA MONTAGNE, UN CORPS INERTE EST ÉTENDU SOUS LE SOLEIL BRÛLANT...

MORTEL...

POUR L'INSTANT CEPENDANT, LE GLAIVE MAGIQUE, PLANTÉ DANS LE SABLE, PROTÈGE DE SON OMBRE LE CORPS ÉTENDU...

HÉLAS!... INEXORABLEMENT, RÉ, LE DIEU RESPLENDISSANT, CONTINUE SA COURSE...

19

MAIS ALORS QUE, IMPLACABLE, LE SOLEIL PROGRESSE...
L'OMBRE DU GLAIVE MAGIQUE CONTINUE DE COUVRIR LE CORPS DE PAPYRUS!!

UN QUART D'HEURE PLUS TARD...

OH!...AÏE!...MA TÊTE! QUE S'EST-IL PASSÉ?

PAR HORUS! JE...JE SUIS REVENU À LA PAROI ROCHEUSE OÙ MON ORYX A DISPARU DANS LA FAILLE! MAIS?!...

LA FAILLE!

LA FAILLE A DISPARU! LA MONTAGNE S'EST REFERMÉE!! C'EST IMPOSSIBLE! JE N'AI PAS RÊVÉ?!...

QU'EST-CE QUE...? PAR LE GRAND DIEU! L'OEIL DE RÊ, L'AMULETTE QUE M'A DONNÉE LA PETITE ESCLAVE. JE N'AI PAS RÊVÉ!

APRÈS QUELQUES INSTANTS DE PERPLEXITÉ, PAPYRUS PREND RAPIDEMENT UNE DÉCISION.

MON CHAR EST TOUJOURS LÀ, C'EST UNE CHANCE. JE DOIS REJOINDRE THÈBES AU PLUS TÔT!...

IL FAUT AVERTIR LE PHARAON DE TOUS CES ÉVÉNEMENTS PRODIGIEUX!

PAPYRUS A REJOINT LE NIL, DONT LES EAUX CONTINUENT DE BAISSER, ET GALOPE VERS THÈBES, SANS SE DOUTER QU'UNE SURPRISE ENCORE PLUS INCROYABLE L'ATTEND

19

DÉFIANT LE TEMPS, L'IMMENSE ENCEINTE QUI PROTÈGE THÈBES, LA VILLE AUX CENT PORTES INCRUSTÉES D'OR, SE DÉCOUPE, FANTASTIQUE, DANS LA LUMIÈRE BLAFARDE DE LA NUIT, TANDIS QUE, DANS UN NUAGE DE POUSSIÈRE SUFFOCANTE, UN CHAR EMMENÉ PAR DEUX CHEVAUX FOUS DE FATIGUE, BUTANT À CHAQUE PAS, ARRIVE EN VUE DE LA VILLE ROYALE.

ENFIN THÈBES! LES BÊTES N'EN PEUVENT PLUS, J'AI BIEN CRU NE JAMAIS Y ARRIVER!

BOUSCULANT LA GARDE SOMNOLENTE, PAPYRUS PÉNÈTRE EN TROMBE DANS LA VILLE ENDORMIE LE GALOP DES CHEVAUX RÉSONNE DANS LES RUELLES DÉSERTES...

PLACE!

ENFIN ILS S'ARRÊTENT AU PIED DU GRAND ESCALIER QUI MÈNE AU PALAIS DE PHARAON. D'UN BOND, PAPYRUS SAUTE DU CHAR ET GRAVIT LES MARCHES EN QUELQUES ENJAMBÉES, PASSANT SANS ENCOMBRE DEVANT LA SENTINELLE, QUI L'A RECONNU.

JE DOIS VOIR LE PHARAON D'URGENCE!

IL FRANCHIT LE POSTE DE GARDE ET TRAVERSE LA GRANDE SALLE HYPOSTYLE ET...

MAIS SOUDAIN, PAPYRUS S'ARRÊTE, PÉTRIFIÉ!...

!

PAR TOUS LES DIEUX! JE RÊVE!

LA STATUE D'OR DE THÉTI-CHÉRI EST LÀ, DEVANT LUI, TRÔNANT AU MILIEU DE LA GRANDE COUR, SOUS LA PÂLE CLARTÉ LUNAIRE.

C'EST DE LA MAGIE!

20

COMMENT LE SAIS-TU ?

HORONEMHEB, LE MAÎTRE DU PALAIS !

C'EST TOI, PAPYRUS ?!?... MAIS QUE FAIS-TU ICI À CETTE HEURE ?!... ET TA MISSION SUR LE NIL ?!...

PLUS TARD, SEIGNEUR ! DITES-MOI D'ABORD, CETTE STATUE DE THÉTI-CHÉRI DEPUIS QUAND EST-ELLE ICI ?... QUI L'A APPORTÉE ?... QUI ?...

HEU !...

HÉLAS !...PERSONNE NE LE SAIT !... À L'HEURE OÙ RÊ* EST AU ZÉNITH, LA STATUE EST APPARUE, LÀ, À CETTE MÊME PLACE, DANS UN GRAND ÉBLOUISSEMENT. LA NUIT PRÉCÉDENTE, LE SEIGNEUR PHARAON, VIE, SANTÉ, FORCE, A EU UN SONGE NÉFASTE, ET LA VUE DE CETTE STATUE D'OR DE SA FILLE BIEN-AIMÉE, PARÉE DE TOUS LES ATTRIBUTS DE LA ROYAUTÉ, L'A JETÉ DANS UN GRAND ABATTEMENT.. IL PENSE QUE CE SIGNE ANNONCE LA FIN DE SON RÈGNE !...

* RÊ : LE SOLEIL

IL FAUT QUE JE VOIE LE PHARAON IMMÉDIATEMENT ! J'AI DES RÉVÉLATIONS INCROYABLES À LUI FAIRE AU SUJET DU NIL...DE LA STATUE D'OR DE THÉTI CHÉRI !...

DE LA PRINCESSE ?... MAIS PARLE ! OÙ EST-ELLE ?...

EH BIEN, JE... JE NE SAIS PAS ! JE L'AI LAISSÉE SEULE, À QUELQUE DISTANCE DU CAMP, POUR POURSUI-VRE UN ORYX !...

TU AS ABANDONNÉ THÉTI·CHÉRI ?!... MALHEUREUX !!

MAIS NON... JE...

BRIÈVEMENT, PAPYRUS MET LE MAÎTRE DU PALAIS AU COURANT DES AVENTURES QU'IL VIENT DE VIVRE.

...VOILÀ, SEIGNEUR HORONEMHEB, LES RAISONS POUR LESQUELLES J'AI ABANDONNÉ LA PRINCESSE !...

HUM !...JE COMPRENDS !

DE GIETER.

MAIS JE CRAINS QUE DANS SON ÉTAT ACTUEL, LE SEIGNEUR PHARAON NE SOIT DE CET AVIS ET SA COLÈRE SERAIT TERRIBLE ! ÉCOUTE-MOI, PAPYRUS ! LAISSE-MOI DONNER LES ORDRES NÉCESSAIRES ET ORGANISER L'EXPÉDITION QUI DOIT REJOINDRE LE CAMP DE THÉTI-CHÉRI ; IL FAUT QUE TU LA GUIDES !...MAIS ELLE NE PEUT PARTIR AVANT LE LEVER DU SOLEIL. EN ATTENDANT, VA TE COUCHER ; TU ES ÉPUISÉ ; TU AS GRAND BESOIN DE SOMMEIL !...

...DEMAIN MATIN, JE TE CONDUIRAI DEVANT NOTRE MAÎTRE. UNE NUIT DE REPOS LUI AURA CERTAINE-MENT RENDU SA SÉRÉNITÉ !

VOUS AVEZ RAISON, SEIGNEUR !

21

MINUIT. PAPYRUS, EXTÉNUÉ, A SOMBRÉ DANS UN SOMMEIL PROFOND...

SEULS QUELQUES GARDES VEILLENT DANS LE PALAIS ENDORMI...

TANDIS QU'AU MILIEU DE LA GRANDE COUR, LA LUNE ÉCLAIRE FAIBLEMENT LA MYSTÉRIEUSE STATUE D'OR

...MAIS VOICI QU'INSENSIBLEMENT, LES YEUX SE METTENT À BRILLER, ET DE PLUS EN PLUS FORT...

ALORS QUE LA STATUE D'OR TOUT ENTIÈRE SEMBLE FLAMBLOYER.

ET SOUDAIN...

COMME MUE PAR UNE PUISSANCE INVISIBLE, SILENCIEUSE, ELLE SE MET EN MOUVEMENT!

ET QUELQUES INSTANTS PLUS TARD...

PAR THOT! PAHERI, REGARDE, LÀ-BAS!

?

C'EST LA PORTE QUI CLÔTURE LES APPARTEMENTS DE PHARAON. ELLE EST FERMÉE DE L'INTÉRIEUR, IL EST IMPOSSIBLE DE LA FRANCHIR!

EN EFFET, LA STATUE D'OR EST ARRIVÉE AU BOUT DU COULOIR ET S'ARRÊTE DEVANT UNE ÉNORME PORTE DE BRONZE...

ALORS LE CHEF DES GARDES, LE REGARD TOUJOURS FIXÉ SUR LA STATUE FANTASTIQUE, POUSSE UN CRI DE STUPEUR...

PAR HORUS!

CAR SANS HÉSITER, LA STATUE D'OR S'EST REMISE EN MARCHE ET AVANCE DROIT SUR LA GRANDE PORTE.

ET BRUSQUEMENT, ARRIVÉE À QUELQUES MÈTRES DE CELLE-CI, ELLE LÈVE LE BRAS DROIT, PROJETANT DEVANT ELLE LE POING QUI TIENT LA CROIX ANSÉE.

ALORS, DANS LA MÊME SECONDE, JAILLIT UN FAISCEAU ÉBLOUISSANT QUI PERCUTE LA PORTE DE BRONZE ET L'ANÉANTIT...

TERRIFIÉS PAR CE PRODIGE, LES GARDES S'ENFUIENT, ÉPOUVANTÉS, TANDIS QUE LA STATUE D'OR, IMPLACABLE, POURSUIT SA MARCHE.

NOUS SOMMES PERDUS!

LA MALÉDICTION DES DIEUX EST SUR NOUS!

SAUVE QUI PEUT!

ATTENDEZ!

LES GARDES S'ARRÊTENT, DÉCONTENANCÉS... DEVANT EUX, RÉVEILLÉ PAR LE BRUIT, PAPYRUS LES ATTEND, DÉCIDÉ...

DEMI-TOUR! IL FAUT ARRÊTER CETTE CHOSE MALFAISANTE! IL FAUT L'EMPÊCHER DE NUIRE!

C'EST IMPOSSIBLE! C'EST...C'EST UNE INCARNATION DIVINE DE LA PRINCESSE THÉTI-CHÉRI!

ELLE EST SACRÉE! INVULNÉRABLE!

IL Y A PEUT-ÊTRE UN MOYEN!...

LE FEU!

EN UN INSTANT, LE FEU, ATTISÉ PAR LE COURANT D'AIR DE LA PORTE BÉANTE, SE RÉPAND DANS LE COULOIR...

ET EN QUELQUES SECONDES, LES IMMENSES TENTURES DU COULOIR S'EMBRASENT, FORMANT UN MUR DE FEU RUGISSANT, INFRANCHISSABLE, QUI ENTOURE LA STATUE D'OR...

LA STATUE DISPARAÎT DANS LES FLAMMES!

ELLE TITUBE!... REGARDEZ!

25

BRUSQUEMENT, LE RUGISSEMENT DU FEU S'ARRÊTE, ET, COMME DOMPTÉES PAR UN SOUFFLE SURNATUREL, LES IMMENSES FLAMMES SE COURBENT, TANDIS QUE LA STATUE D'OR RÉAPPARAÎT... INTACTE!

MAIS TROP TARD!... DANS LE MÊME MOMENT, RONGÉES PAR LE FEU, LES ÉNORMES TENTURES S'ABATTENT DANS UNE GERBE DE FLAMMES.

MAIS DANS L'INSTANT OÙ ELLES TOUCHENT LA STATUE MAGIQUE, UN ÉCLAIR ÉBLOUISSANT JAILLIT, QUI LES PULVÉRISE!

ET TOUJOURS LA STATUE D'OR CONTINUE SA PROGRESSION...

QUAND UNE VOIX FERME SE FAIT ENTENDRE...

QUI QUE TU SOIS, KA* DE NEFERNÉFEROU THÉTI-CHÉRI, ARRÊTE!...

* DOUBLE, SUPPORT VITAL.

HORONEMHEB, LE MAÎTRE DU PALAIS, S'AVANCE...

NE COMMET PAS LE SACRILÈGE! NUL, MÊME LE GRAND DIEU*, N'A LE DROIT DE FRANCHIR LA PORTE DE LA CHAMBRE DE NOTRE DIVIN MAÎTRE, PHARAON, VIE, FORCE, SANTÉ; AU NOM DE SA SUPRÊME MAJESTÉ, JE T'ORDONNE DE FAIRE DEMI-TOUR!

* RÊ; DIEU SOLEIL.

SEIGNEUR HORONEMHEB, ATTENTION! SAUVEZ-VOUS!... NON!!

MAIS TROP TARD. BRANDISSANT LA CROIX ANSÉE, LA STATUE D'OR FOUDROIE LE MAÎTRE DU PALAIS DE SON RAYON MORTEL.

AAAAAAAAA

DE GIETER

26

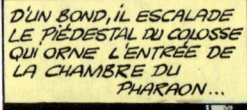

...VERS SON BUT!

EH BIEN, QUE SE PASSE-T-IL?

LE PHARAON!

MAIS ?!... QU'EST-CE ?!...

THÉTI-CHÉRI!... EST-CE TOI ?...

UN INSTANT, LE TEMPS SEMBLE SUSPENDU... ALORS, LENTEMENT, LA STATUE D'OR LÈVE LA CROIX ANSÉE...

MON ENFANT!

NON!

SANS HÉSITER, PAPYRUS S'EST JETÉ DEVANT PHARAON, SON MAÎTRE, ET, FAISANT FACE À THÉTI-CHÉRI, IL SAISIT SON ÉPÉE MAGIQUE...

SEIGNEUR! SAUVEZ-VOUS, VITE! ELLE VEUT VOTRE MORT!

TROP TARD!...L'IMPLACABLE FAISCEAU A JAILLI... MAIS "L'OEIL D'HORUS", LE TALISMAN QUE PORTE PAPYRUS, DEVIENT SOUDAIN ÉCLATANT, ET DANS LA MÊME SECONDE, IL ABSORBE LE FLUX MORTEL.

LE TALISMAN DE LA PETITE ESCLAVE ME PROTÈGE !

SANS HÉSITATION, PAPYRUS ARRACHE "L'OEIL D'HORUS" DE SA POITRINE ET...

SEIGNEUR PHARAON, PRENEZ MON TALISMAN, IL...

MAIS DÉJÀ LA STATUE D'OR L'A DEVANCÉ

?

PAR HORUS, PAS ENCORE !

DE SON GLAIVE MAGIQUE, PAPYRUS TRANCHE LE BRAS D'OR, SOUS LE REGARD HORRIFIÉ DU PHARAON.

ARRÊTE !

TCHAK

ELLE...ELLE NE FERA PLUS DE MAL À PERSONNE !...

CHIEN ! MISÉRABLE ! TU AS OSÉ FRAPPER THÉTI-CHÉRI !

MAIS ?!... SEIGNEUR, ELLE VOULAIT VOUS TUER !... CE...CE N'EST QU'UNE STATUE !

UNE STATUE ! SACRILÈGE !... C'EST L'INCARNATION DIVINE DE L'HÉRITIÈRE DU TRÔNE D'ÉGYPTE QUE TU AS MUTILÉE !

MA FILLE THÉTI-CHÉRI ! QUE TU AS ABANDONNÉE ALORS QUE TU ÉTAIS CHARGÉ DE LA PROTÉGER PENDANT SA MISSION LE LONG DU NIL !

OÙ EST-ELLE, À PRÉSENT, PARLE ! PAR HORUS !

JE...JE L'AI LAISSÉE AVEC TOUTE L'EXPÉDITION, SEIGNEUR PHARAON...EN AVAL DE LA PREMIÈRE CATARACTE. ELLE EST EN SÉCURITÉ !

C'EST FAUX !

QUI SE PERMET ?

MAIS ?... JE LE RECONNAIS ! C'EST APOUY, UN CHARRIER* DE L'EXPÉDITION !

QUI EST CET HOMME ?

SEIGNEUR PHARAON, PÈRE DIVIN, NOUS AVONS RAMASSÉ CET HOMME, ÉPUISÉ, AU PIED DU MUR D'ENCEINTE DE LA VILLE !

*CONDUCTEUR DE CHAR.

PAR TOUS LES DIEUX ! QUE FAIS-TU ICI ? QUE S'EST-IL PASSÉ ?

SEI...SEIGNEUR INVINCIBLE, L'EXPÉDITION...TOUT ENTIÈRE A ÉTÉ A..., ANÉANTIE... JE... JE M'ÉTAIS ÉLOIGNÉ POUR CHERCHER DU BOIS... IL Y A EU...UN...UN ÉCLAIR AVEUGLANT... J'AI COURU ET...

...À L'EMPLACEMENT DU CAMP...IL...IL NE RESTAIT QU'UNE MASSE DE TERRE STRATIFIÉE...ON...ON DISTINGUAIT À PEINE LES HOMMES DES CHEVAUX !...

ET THÉTI-CHÉRI, MON ENFANT ?!!

HÉLAS ! SEIGNEUR !...

UNE SECONDE, LE PHARAON VACILLE DEVANT L'AFFREUSE RÉVÉLATION. MAIS ALORS SA COLÈRE ÉCLATE SOUDAIN.

SERPENT VENIMEUX ! C'EST TOI LE RESPONSABLE, ET TU PRÉTENDAIS QU'ELLE ÉTAIT EN SÉCURITÉ ! MISÉRABLE ! ICI, TU L'AS TUÉE UNE SECONDE FOIS !

SEIGNEUR ! NON ! CE N'EST PAS VRAI ! LAISSEZ-MOI VOUS EXPLIQUER !

J'EN AI ASSEZ ENTENDU !

GARDES ! JETEZ CE CLOPORTE DANS LA FOSSE DES RÉGICIDES !...

ET QU'ON SCELLE LA DALLE À JAMAIS !!

30

LES ORDRES DE PHARAON, DIEU SOUVERAIN, SONT SANS APPEL. PAPYRUS EST BRUTALEMENT PRÉCIPITÉ DANS LE VIDE.

AAAAAAAAAA

LA CHUTE HALLUCINANTE SE TERMINE SOUDAIN DANS UNE MASSE DE BOUE ÉPAISSE, DANS LAQUELLE PAPYRUS DISPARAÎT...

QUELQUES INSTANTS ENCORE, SUFFOCANT DANS LE MAGMA ÉCOEURANT, IL SE DÉBAT, CHERCHANT DÉSESPÉRÉMENT QUELQUE CHOSE OÙ S'ACCROCHER... EN VAIN!

LENTEMENT LA BOUE ABSORBE LE RESTE DE VIE...

MAIS SOUDAIN UNE FORME À PEINE RECONNAISABLE ÉMERGE DE CETTE MASSE VISQUEUSE...

PAR HORUS! ICI LE SOL REMONTE. JE SUIS SAUVÉ!

AU PRIX D'ÉNORMES EFFORTS, PAPYRUS PARVIENT À SORTIR DE SA GANGUE DE BOUE.

AAAAH! DE L'AIR!

HÉLAS! DANS CETTE OUBLIETTE, JE SUIS CONDAMNÉ À MOURIR DE FAIM!... IL EÛT PEUT-ÊTRE MIEUX VALU PÉRIR TOUT DE SUITE!

MAIS TANDIS QUE PAPYRUS SE PERD DANS CES SOMBRES PENSÉES, SON REGARD SCRUTE LA PÉNOMBRE QUI L'ENTOURE. ET TOUT À COUP...

QU'EST-CE QUE C'EST?

ON DIRAIT UNE FAIBLE LUEUR... IL Y A PEUT-ÊTRE UNE SORTIE!

PAR TOUS LES DIEUX!!

LÀ, DANS L'OMBRE DU SOUTERRAIN, LE CORPS INERTE D'UN ÊTRE FABULEUX, À LA CARAPACE D'OR, GÎT, ÉTENDU, ÉMERGEANT DE LA BOUE...

ET LÀ ?!... UN AUTRE ENCORE !... MAIS ?...

OH ! CES ÊTRES !... J'EN SUIS SÛR !... CE SONT LES MÊMES QUE CELUI QUI M'A FRÔLÉ QUAND JE SUIS DESCENDU DANS LES CHUTES DU NIL !... ET LÀ, "L'OEIL DE RÉ"...

LE TALISMAN DE LA PETITE ESCLAVE, LE MÊME QUE CELUI DE LA STATUE D'OR DE THÉTI !... JE COMPRENDS !... C'EST PAR CE SOUTERRAIN QU'ELLE A ÉTÉ INTRODUITE DANS LE PALAIS ! ET "À L'HEURE OÙ RÉ EST AU ZÉNITH... DANS UN GRAND ÉBLOUISSEMENT"

C'EST L'APPARITION DE CES ÊTRES D'OR EN PLEIN SOLEIL QUI EST RESPONSABLE DE L'HALLUCINATION DES GARDES !

MAIS APRÈS, QUE S'EST-IL PASSÉ ?... ILS SONT SANS VIE. JE VAIS ESSAYER D'ÔTER LEURS CASQUES !

MAIS SITÔT ÔTÉ LE CASQUE D'OR, PAPYRUS RECULE, HORRIFIÉ

PAR ANUBIS ! LE MALHEUREUX !

RHAAAAA !...

...LE... LE SOLEIL NOUS BRÛLE !... L'OEIL... L'... IL... IL NOUS A MEN... MENTI... IL FAUT DÉTRUIRE L'... L'OEIL... LE NIL NOUS... NOUS TUERA TOUS !... RHAAAAAAA !...

ET THÉTI-CHÉRI... OÙ EST-ELLE ? OÙ... HÉLAS ! C'EST FINI !

JE NE PEUX PLUS RIEN POUR CES ÊTRES ÉTRANGES. C'EST INCOMPRÉHENSIBLE, ON DIRAIT QU'ILS ONT ÉTÉ BRÛLÉS

LÀ ! UN RADEAU. VOILÀ COMMENT ILS SONT VENUS !... JE CROIS QUE JE VAIS ENFIN CONNAÎTRE LA RÉPONSE À TOUS CES MYSTÈRES !

DE GIETER 38

BEAUCOUP PLUS TARD, L'EAU A REMPLACÉ LA BOUE, TANDIS QUE LE SOUTERRAIN S'EST ÉLARGI EN UNE IMMENSE GROTTE ENCOMBRÉE DE FANTASTIQUES AMAS ROCHEUX PARMI LESQUELS PAPYRUS PROGRESSE PÉNIBLEMENT...

L'EAU DEVIENT DE PLUS EN PLUS PROFONDE, C'EST UNE VÉRITABLE MER SOUTERRAINE!

QUAND SOUDAIN...

BRRRRO !

LA VOÛTE S'EFFONDRE!

DANS UN CRAQUEMENT EFFRAYANT, UN ROCHER ÉNORME ÉCRASE LE RADEAU, TANDIS QU'UNE PLUIE DE PIERRES CRIBLE L'EAU À LA SECONDE MÊME OÙ PAPYRUS PLONGE.

PAR MIRACLE, IL ÉVITE LES CHUTES MORTELLES.

PAR HORUS! CES ROCHERS N'ONT PAS PU SE DÉTACHER TOUT SEULS

OH! MAIS JE COMPRENDS!... J'ÉTAIS... OU PLUTÔT LES HOMMES D'OR ÉTAIENT ATTENDUS... AVEC LEURS ARMURES, ILS SE SERAIENT NOYÉS!

TRAÎTRESSE! DIS-MOI QUI T'ENVOIE P... MAIS ?...

THÉTI-CHÉRI?! TOI ICI!

PA... PAPYRUS?

OH! NON! PAS TOI! PITIÉ!

33

34

JE NE VEUX PAS QUE TU ME COUPES LE BRAS !!

THÉTI, ATTENDS ! JE NE TE VEUX PAS DE MAL ! LAISSE-MOI T'EXPLIQUER ! REVIENS !

TRAVERSANT DES DÉDALES D'ÉBOULIS ROCHEUX, PAPYRUS S'ENFONCE DANS L'IMMENSE CAVERNE...

THÉTI-CHÉRI !

EN VAIN... THÉTI-CHÉRI A DISPARU

MAIS TOUT À COUP...

OH ! PAR EXEMPLE !

JE RÊVE !

SOUS LA VOÛTE OBSCURE, S'ÉTEND AUX PIEDS DE PAPYRUS, FIGÉ DE STUPEUR, UNE FABULEUSE CITÉ PYRAMIDALE **EN OR** BAIGNANT DANS UN HALO IRRÉEL.
BÂTIE SUR UN VASTE PLATEAU ROCHEUX QUI S'ENFONCE DE TOUTES PARTS DANS LE FLOT BOUILLONNANT AU FOND DES GORGES QUI SEMBLENT SE PERDRE DANS LES ENTRAILLES MÊMES DE LA TERRE.

PAR TOUS LES DIEUX ! LA CITÉ D'OR DE L'OEIL DE RÊ !!

34

PAPYRUS!

THÉTI-CHÉRI! TU ES REVENUE!

JE... JE NE SAIS PAS CE QUI M'EST ARRIVÉ. EN TE VOYANT, J'AI ÉTÉ PRISE D'UNE TERREUR ÉPOUVANTABLE! JE NE COMPRENDS PAS!

HÉ!... MOI JE COMPRENDS. CE N'EST RIEN! MAIS DIS-MOI, QUE FAIS-TU ICI? COMMENT ES-TU VENUE ICI?

OH! PAPYRUS, C'EST AFFREUX!

SITÔT QUE TU T'ES LANCÉ À LA POURSUITE DE L'ORYX, J'AI ÉTÉ ASSAILLIE PAR UN HOMME D'OR. PAR DES DÉTOURS SECRETS, IL M'A FAIT PÉNÉTRER DANS LA GROTTE OÙ S'ENGOUFFRE LE NIL!

ET PUIS, BRUSQUEMENT, MON RAVISSEUR A POUSSÉ UN CRI HORRIBLE ET S'EST EFFONDRÉ!

LUI AUSSI!

À MOITIÉ NOYÉE PAR L'EAU ET LES EMBRUNS QUI EMPLISSAIENT LA CAVERNE, JE ME SUIS ÉVANOUIE, ET PLUS TARD, JE ME SUIS RÉVEILLÉE ICI... PRISONNIÈRE PARMI LES ESCLAVES DE L'OEIL DE RÉ ET DE LA CITÉ SACRÉE!

CETTE CITÉ FABULEUSE, TU EN CONNAIS DONC LES SECRETS?

HÉLAS! AUCUNE ESCLAVE N'A LE DROIT D'Y PÉNÉTRER!

LA TOUTE-PUISSANCE DE L'OEIL EST AU CENTRE DE LA CITÉ, DANS LA GRANDE PYRAMIDE D'OR. C'EST LUI QUI A DÉTOURNÉ, PAR SA MAGIE, LES EAUX DU NIL QUI ENTOURENT LA CITÉ ET MONTENT LENTEMENT!... BIENTÔT LE DERNIER ACCÈS SERA SUBMERGÉ, ALORS DOIT SE PRODUIRE UN ÉVÉNEMENT EXTRAORDINAIRE!

ET NOUS SOMMES CONDAMNÉS À ÊTRE NOYÉS DANS LES GROTTES!

COMMENT ARRIVE-T-ON DANS LA CITÉ?

HÉLAS! SEUL L'ESCALIER INTERDIT Y CONDUIT. LES ESCLAVES QUI ONT ESSAYÉ DE LE FRANCHIR ONT PÉRI. LES TROIS PORTES SONT TOUJOURS FERMÉES!

TU AS DIT... LES TROIS PORTES?!

CONDUIS-MOI, NOUS N'AVONS PAS DE TEMPS À PERDRE!

MAIS, PAPYRUS!...

35

ÉBRANLÉE PAR LA DÉTERMINATION DE PAPYRUS, THÉTI-CHÉRI LE CONDUIT, MAIS...

L'ESCALIER INTERDIT ?

PAPYRUS, JE T'EN SUPPLIE N'Y VA PAS !

TU VAS VERS LA MORT !

NON NON ! FAIS MOI CONFIANCE JE N'AI PAS LE TEMPS DE T'EXPLIQUER, MAIS JE RÉUSSIRAI !

ALORS, JE VAIS AVEC TOI !

RISQUANT CENT FOIS LA CHUTE FATALE, PAPYRUS ET THÉTI-CHÉRI GRAVISSENT LENTEMENT LE FANTASTIQUE ESCALIER CREUSÉ DANS LE ROC, TANDIS QUE LE NIL GRONDE DANS LES PROFONDEURS DU GOUFFRE.

LONGTEMPS L'ES-CALADE SE POURSUIT

POURTANT, AU FUR ET À MESURE DE LEUR PROGRESSION, UNE ÉTRANGE SENSATION LES ENVAHIT, ALORS QUE L'ATMOSPHÈRE SEMBLE SE CHARGER D'UNE ANGOISSANTE OPACITÉ.

...ET SOUDAIN L'ÉPOUVANTE LES ÉTREINT.

PAPYRUS !

CAR TOUT AUTOUR D'EUX, LES FORMES SE DISSOLVENT DANS UN MAGMA CONFUS.

ON... ON NE PEUT PLUS CONTINUER !

SI !... IL FAUT !

TANDIS QUE DANS LE MÊME TEMPS L'ESCALIER INTERDIT DISPARAÎT INÉLUCTABLEMENT SOUS LEURS PAS... ALORS THÉTI-CHÉRI...

PAPYRUS, NOUS SOMMES PERDUS AAAAAH !

REGARDE ! LES TROIS PORTES !

36

THÉTI! SUIS-MOI, NOUS Y SOMMES!

D'UN BOND, PAPYRUS S'EST ÉLANCÉ, CEPENDANT QU'UNE VOIX RÉSONNE DANS L'AIR ÉTHÉRÉ...

ET AUSSITÔT UNE DES TROIS PORTES, TOURNANT SUR SES GONDS, S'OUVRE LENTEMENT...

LE MAÎTRE DES TROIS PORTES!

THÉTI, NOUS SOMMES ARRIVÉS!... THÉTI?!?

MAIS STUPEUR! DERRIÈRE LUI, TANDIS QUE L'IMMENSE PORTE DÉJÀ SE REFERME, L'ESCALIER INTERDIT APPARAÎT, **PARFAITEMENT VISIBLE**, MAIS PLUS DE TRACE DE THÉTI-CHÉRI!

THÉTI? NON, CE N'EST PAS POSSIBLE! ELLE NE S'EST PAS VOLATILISÉE!

INCRÉDULE, PAPYRUS S'APPRÊTE À REDESCENDRE, QUAND DERRIÈRE LUI UN CRI DÉSESPÉRÉ LE CLOUE SUR PLACE

PAPYRUS!

LA VOIX DE THÉTI-CHÉRI?!

37

38

RÉPERCUTÉE PAR L'IMMENSE CUVETTE, LA VOIX SUPPLIANTE SEMBLE VENIR DE PARTOUT, CHASSANT UN INSTANT LES NUÉES DE VAUTOURS...

PAPYRUS

PAPYRUS

PAPYRUS

PAPYRUS

PAPYRU...

OÙ EST-ELLE PASSÉE?... ON DIRAIT... MAIS OUI!

PAPYRUS!

ÇA VIENT DE LA 3e PORTE!

SANS HÉSITER, PAPYRUS MARCHE VERS LA 3e PORTE.

MAIS CETTE FOIS, ELLE NE S'OUVRE PAS!

?

À UN PAS DE LA PORTE, PAPYRUS S'ARRÊTE, UN INSTANT DÉCONTENANCÉ.

PAR HORUS! QU'EST-CE QUE ÇA VEUT DIRE?

HÉSITANT, IL FAIT UN PAS EN AVANT...

PUIS UN AUTRE ET UN AUTRE...

MAIS LA PORTE RESTE DÉSESPÉRÉMENT CLOSE

POURTANT, PAS À PAS, PAPYRUS CONTINUE À AVANCER!...

ALORS QUE LA DISTANCE QUI LE SÉPARE DE L'ÉTRANGE 3e PORTE...

...RESTE LA MÊME!!

38

IL FAUT QUE JE FRANCHISSE CETTE PORTE! IL LE FAUT!

ALORS, ROMPANT L'ÉTRANGE FASCINATION DE LA 3e PORTE, PAPYRUS SE PRÉCIPITE, LE GLAIVE EN AVANT.

TCHAK

!

BRUSQUEMENT LA PORTE S'EST OUVERTE, ET PAPYRUS SE TROUVE SANS TRANSITION DANS LA GRANDE PYRAMIDE. AU CŒUR MÊME DE LA CITÉ D'OR.

PAR TOUS LES DIEUX! L'ŒIL DE RÊ-HARAKHTY, MAÎTRE DE L'UNIVERS!

PAPYRUS!

39

SACRILÈGE!
QUI A OSÉ OUVRIR
LA PORTE SACRÉE?!

C'EST MOI, PAPYRUS!
JE SUIS, LE MAÎTRE
DES TROIS PORTES!

C'EST DONC TOI, MISÉRABLE, QUI AS OSÉ
BRAVER LA TOUTE-PUISSANCE DE
L'ŒIL ET TRANCHER LE BRAS D'OR!
C'EST LA MORT QUE.TU ES
VENU CHERCHER ICI?!

EH BIEN, TU VAS
ÊTRE EXAUCÉ!
L'HEURE EST
VENUE!

JE TE REMERCIE
SEIGNEUR,
JE...

NON, SEIGNEUR!
JE VIENS CHERCHER LA
PRINCESSE THÉTI-CHÉRI
ET VOUS DEMANDER DE
RENDRE LE NIL AU
PEUPLE D'ÉGYPTE!

HA!HA!HA! EN TRANCHANT
LE BRAS D'OR QUI DEVAIT TUER
LE PHARAON, TU AS FAIT
DE THÉTI-CHÉRI UNE
ESCLAVE INUTILE!

ALORS QUE JE
VOULAIS FAIRE
D'ELLE L'HÉRITIÈRE
DE MON NOM,
MENÈS
HORUS!

MENÈS HORUS?!
LE FONDATEUR
DE LA 1RE
DYNASTIE? *

JE SUIS LA
MOMIE VIVANTE DE
MENÈS HORUS, LE
SEUL PHARAON
LÉGITIME D'ÉGYPTE!
LE DESCENDANT
DU DIVIN
RÉ!

* ± 3200 AV. J-C.

CHASSÉ DU TRÔNE DES
DEUX TERRES IL Y A LONG-
TEMPS, JE ME SUIS
RÉFUGIÉ ICI AVEC QUELQUES
FIDÈLES!

MAIS PAR LA PUISSANCE DE L'ŒIL,
AUJOURD'HUI L'HEURE DE VENGEANCE A
SONNÉ. SOUS LA POUSSÉE DES EAUX DU
FLEUVE SACRÉ, LA MONTAGNE TOUT
ENTIÈRE VA S'OUVRIR, ET NOTRE CITÉ D'OR
JAILLIRA AU SOLEIL.
NOUVELLE CAPITALE DE
L'ÉGYPTE!

DANS LA CUVETTE BRÛLANTE DE SOLEIL, FACE À CE COLOSSE D'OR, LE COMBAT DEVIENT VITE INÉGAL.

PAR HORUS! LE SOLEIL NE SEMBLE PAS L'INCOMMODER! JE ME SUIS TROMPÉ!

PAPYRUS!

CETTE FOIS, PAPYRUS RESTE À TERRE ÉTOURDI...

ALORS, SANS PITIÉ, L'HOMME D'OR LÈVE SA TERRIBLE MASSUE POUR TUER...

MAIS SOUDAIN, IL TITUBE, ET POUSSANT UN CRI HORRIBLE, LÂCHE SA MASSUE!

RHHAAAAAAH

LE SOLEIL ME BRÛLE AAAH!

43

ET S'EFFONDRE,

AAAAH! JE BRÛLE!... LE...LE MAÎTRE NOUS A TROMPÉS! AAAAAH!...

C'EST AFFREUX!

LES HOMMES D'OR RESTENT UN INSTANT PÉTRIFIÉS DEVANT CETTE RÉVÉLATION. PUIS FOUS DE TERREUR, ILS SE PRÉCIPITENT À L'INTÉRIEUR DE LA MONTAGNE, FUYANT LE SOLEIL MORTEL.

NOUS SOMMES TRAHIS!

REFERMEZ LA PORTE!

VITE.

LE MALHEUREUX! JE NE PEUX PLUS RIEN POUR LUI!

IL...IL FAUT DÉTRUIRE L'... L'... AAAAAAH!...

TROP TARD! ILS VONT SE BARRICADER DANS LEUR CITÉ!

PAS ENCORE!

?

QUE FAIS-TU?

VITE! TU VAS COMPRENDRE; C'EST NOTRE SEULE CHANCE!

ALORS, CAPTANT LES RAYONS ÉBLOUISSANTS DE SON BOUCLIER D'OR, PAPYRUS LES RENVOIE VERS LE COEUR DE LA PYRAMIDE... VERS LE MAÎTRE TOUT-PUISSANT DE LA CITÉ PYRAMIDALE...

ET TANDIS QUE LES HOMMES D'OR S'EFFORCENT DE REFERMER LES LOURDS VANTAUX, PAPYRUS S'ARRÊTE, FACE À LA PORTE SACRÉE.

LA PORTE EST ENCORE OUVERTE!...

Ô, SEIGNEUR SOLEIL! SI TU AIMES LE PEUPLE D'ÉGYPTE, AIDE-MOI!

L'ŒIL MAGIQUE EST FRAPPÉ EN PLEIN MILIEU.

EN EFFET, LA FACE SUPRÊME SE DÉCOMPOSE SOUDAINEMENT ALORS QU'UN SOUFFLE DE DESTRUCTION S'ABAT SUR LA CITÉ D'OR COMME SI, EN UN INSTANT, TOUTES LES FORCES MAGIQUES ÉTAIENT ANNIHILÉES.

NON...NON! ŒIL TOUT-PUISSANT NE...NE M'ABANDONNE PAS!!...JE...JE SUIS MENÉ HORUS!...JE AAAAAAAN...

RAAIIIAAARRGGHHIIIIG

ET DANS LE MÊME INSTANT, LA MONTAGNE TOUT ENTIÈRE FRÉMIT, TANDIS QU'UNE PLAINTE INHUMAINE, HORRIBLE, FUSE DE L'ORBITE DE PIERRE.

PAR ANUBIS! L'ŒIL EST MORT!

NOUS SOMMES PERDUS!

NON, NON!

RE...REGARDEZ LÀ!...LA FACE SUPRÊME!

CEPENDANT QUE LE MAÎTRE DE L'ŒIL S'ÉCROULE FOUDROYÉ, LES EAUX IMPÉTUEUSES DU NIL ATTEIGNENT LES PREMIERS REMPARTS DE LA CITÉ.

TERRIFIÉS PAR CES ÉVÉNEMENTS, LES HOMMES D'OR REFLUENT EN DÉSORDRE...

LE MALHEUR EST SUR NOUS!

LA PYRAMIDE S'ÉCROULE!

SAUVE QUI PEUT!

NON! MALHEUREUX, ARRÊTEZ!!

ICI, C'EST LE SOLEIL MORTEL QUI VOUS ATTEND! IL FAUT TROUVER LE MOYEN DE FUIR PAR L'INTÉRIEUR DE LA MONTAGNE!

TU AS RAISON, PAPYRUS! NOUS ALLONS FUIR LA CITÉ D'OR; NOUS CONNAISSONS LES CHEMINS QUI S'ENFONCENT DANS LA MONTAGNE. MAIS TOI, RESTE, TA VIE EST AU SOLEIL!

NOUS ESSAYERONS D'ARRÊTER LES FUREURS DU NIL...C'EST NOTRE SEULE CHANCE DE SALUT! MERCI, PAPYRUS, TU NOUS AS LIBÉRÉS D'UN MAÎTRE TOUT-PUISSANT, QUI TROP LONGTEMPS NOUS A AVEUGLÉS PAR SA MAGIE. ADIEU!

...ET TANDIS QUE LA PORTE SACRÉE SE REFERME, LES HOMMES D'OR S'EN VONT VERS LEUR DESTIN.

NOUS VOUS SAUVERONS!

BONNE CHANCE!

PAPYRUS, C'EST AFFREUX!

45

LES ESCLAVES DE L'OEIL SONT TOUJOURS PRISONNIERS DE LA MONTAGNE, ILS VONT PÉRIR NOYÉS!

PAR HORUS!

TU AS RAISON, IL FAUT LES SAUVER!

ET UNE FOIS ENCORE, LA PORTE QUI DONNE SUR L'ESCALIER INTERDIT S'EST OUVERTE AUX ORDRES DE PAPYRUS.

L'EAU A TOUT SUBMERGÉ!

NON! LES VOILÀ!

VITE! VENEZ PAR ICI, IL N'Y A PLUS DE DANGER!

APERCEVANT THÉTI-CHÉRI ET LA PORTE OUVERTE, LES ESCLAVES SE PRÉCIPITENT, À MOITIÉ SUFFOQUÉS PAR L'EAU QUI SUBMERGE RAPIDEMENT L'ESCALIER.

PAR ICI, VOUS ÊTES SAUVÉS!

QUELQUES INSTANTS PLUS TARD, LES ESCLAVES SONT DANS LA CUVETTE, TANDIS QUE LES TROIS PORTES SONT MAINTENANT REFERMÉES...

MAIS, PAPYRUS, NOUS SOMMES PRISONNIERS DANS CETTE CUVETTE, IL N'Y A PAS D'ISSUE!

LES HOMMES D'OR ONT PROMIS DE NOUS SAUVER, IL FAUT LEUR FAIRE CONFIANCE, TU NE VAS PAS TARDER À COMPRENDRE!

PAPYRUS N'A PAS FINI DE PARLER QUE LE SOL SE MET SOUDAIN À VIBRER, ET MÛ PAR UNE FORCE PRODIGIEUSE, IL MONTE LENTEMENT.

LE...LE SOL TREMBLE! ...

AU SECOURS!

NOUS ALLONS TOUS MOURIR!!

AMIS, AYEZ CONFIANCE, CE SONT LES EAUX DU NIL QUI NOUS POUSSENT VERS LE SALUT, LÀ! REGARDEZ!

DE GIETER 76.

46

PRINTED IN BELGIUM BY
proost
INTERNATIONAL BOOK PRODUCTION